松谷みよ子
あかちゃんの本

おふろで ちゃぷ ちゃぷ

いわさき ちひろ え

あひるちゃん
どこいくの

いいとこ
いいとこ

あれ？
タオルをもった
ねえ　どこいくの？

いいとこ
いいとこ

はっはァ

あれ？
せっけんもった
ねえ　どこいくの？

いいとこ
いいとこ

わかった！
おふろだ！

グワッ
グワッ
そうだよ
はやく　おいでー

いっとうしょうは　だあれ

まって
まって

いま　せーたー
ぬいだとこ

はやく
はやく

まって
まって
いま　ズボン
ぬいだとこ

はやく
はやく

まって
まって
いま　シャツ
ぬいだとこ

はやく
はやく

いま　パンツ
ぬいだとこ
わーい
はだかんぼだーい

おふろで　ちゃぷちゃぷ

せっけん　ぶくぶく

あひると　いっしょ

おふろ

ぼく

だーいすき

19

あたま
あらって
きゅーぴーさん

松谷みよ子
あかちゃんの本

おふろでちゃぷちゃぷ

1970年5月5日 初版発行
1994年6月4日第106刷発行
1994年9月1日改版第1刷発行
1997年6月2日改版第8刷発行

文・松谷みよ子
絵・いわさきちひろ ©

発行所・株式会社 童心社

東京都新宿区三栄町22
電話03-3357-4181(代表)

装幀・辻村益朗

製版・印刷・小宮山印刷株式会社

製本・株式会社 難波製本

B5変形・21cm 20P・NDC 913
Printed in Japan
ISBN4-494-00108-2